我講的故事不是真的！

慈琪 著　　王笑笑 繪

新雅文化事業有限公司
www.sunya.com.hk

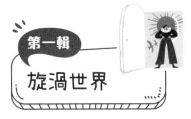

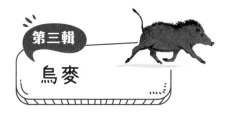

第三輯

烏麥

對故事集的五種描述

哲學：我對世界的理解一直不是很深，對人類的理解稍微深一點，對自己的理解更深一點。但到目前為止，我獲得的知識中充滿了錯覺。我給它們分類、定義，寫無從印證的論文，整理成現在這樣一本短篇故事集。

博物學：僅有灰塵、板凳、草履蟲的小小一間屋子，在過去的二十多年裏，慢慢變成帶院子的大海，山丘上永恆不停地跑過不知名的動物，太陽的影子掛在所有的星星上。

能量守恆定律：這本書裏充滿了無用、不真實卻有趣的故事，但它們將在被人閱讀的過程中，變成另外一些看不見的真實。這種事情常常發生。

玄學：故事集是一種讓人心情愉快的書。

兒童教育：我不想用這些故事教育孩子。教育孩子的責任沒法讓一本可憐的、單薄的故事集來獨立承擔，真實生活裏的怪獸早就爭先恐後地衝上來了。孩子，你不能躲在我的身後，我並不比你強壯或聰明。鼓起勇氣吧，我們並肩作戰。

第一輯

旋渦世界

送信

最初人們想用兔子來送信，因為兔子跑得快而送信也須要快。可麻煩的是，沒有人能夠讓兔子理解人類的意思：應該帶着信出發，而不是停在草地上，把信紙統統嚼成紙漿。

隨後人們想到了貓。貓很聰明，知道該去哪兒，怎麼回家。但人們還是收不到信。貓到達目的地的時候，嘴裏的信早就消失了，也說不清楚自己把信落在了哪裏。人們

只好把準備好的小魚乾拿出來，把
貓打發走了。

　　後來，人們又拜托過鸚鵡、鱷
魚、馬和狗，可信件依然屢遭不幸。
人們還拜托了風、雨、雲、霧，情
況更糟。

　　最後，人們只好自己背起郵包，
出門送信去了。

07

新的一天

　　造物主創造出一些動物放在大地上便走開了。他需要休息，每個人都需要休息。

　　動物起初很茫然，停在原處，不敢說話、不敢動彈，就這麼過了一天一夜。終於有一隻動物忍耐不住了，伸手撞撞身邊的另一隻：

　　「喂，我們在這兒幹什麼啊？」

　　「你是誰？」那隻動物吐着泡泡說。

　　「他叫我猴子。」

　　「猴子，你後面那個東西是幹什麼用的？」

　　猴子回頭看了看，真的有根毛茸茸、又細又長、不斷搖晃的東西。

　　「我不知道。」

　　「也許你可以用它把自己掛在什麼地方。」那隻動物提議道。

　　於是猴子爬上旁邊一個長滿青綠色薄片的高大東西。猴子第一眼就喜歡上這東西了。那是樹，但猴子不知道。樹也是第一眼就喜歡上了猴子，很樂意讓猴子爬上來，坐

在樹枝上。

猴子發現自己真的可以用後面的東西把自己掛在高處，騰出爪子來做別的事情：搔癢癢，找吃的，以及威脅別人什麼的。

「真不錯，我可以管它叫『尾巴』。我喜歡這名字。」猴子高興地說：「謝謝你，朋友。」

「不客氣……」那隻動物有氣無力地吐着泡泡。

「你怎麼啦？」

「我覺得好渴……」

猴子急忙跳下樹，抱起那隻動物，放到附近的水塘裏。

「舒服多了，謝謝！」那隻動物吐着泡泡說，迫不及待地想到更深的水裏去。

「喂，你是什麼啊？」猴子蹲在水邊追問。

「他叫我螃蟹。」螃蟹一邊吐着泡泡，一邊慢慢爬進了黑暗的泥沼。

猴子若有所失地抓抓頭，回到原來的地方，發現其他的動物已經走得一個不剩了。

森林裏、草叢中、山坡下，響起了各種各樣新鮮的聲音。

遊戲

造物主喜歡創造不同的世界，然後進去玩耍。他創造過一個只有樹的世界，微風吹動綠葉，令人心曠神怡。可是幾個紀元後，樹的世界改變了。那兒被稱為死林世界，因為除了沉寂、黑暗、腐爛、令人窒息的森林，別無他物。

後來，造物主創造了一個只有金子的世界。這個地

方金光閃閃，造物主在金石頭灘上略坐了一坐，便起身走了。

再後來，造物主創造了一個只有河流與海水的世界。無數形態各異的水域在空間裏晶瑩地晃動，游來游去的除了水滴沒有別的。造物主浮在水上，仰望天空的湖泊飄過，然後離開。

曾經，造物主創造過一個很小的世界，平凡無奇。他只把自己的一些情緒放在蘋果種子裏扔向大地，此後再沒想起過。有一天，百無聊賴的他偶爾探頭望一望這個世界，看到一羣有手有腳的小東西在那兒玩耍、唱歌、耕種和收穫，充滿了快樂。造物主看着，心裏忽然有點嫉妒。由於不能毀去自己親手創造的東西，他略想了想，便從金子世界裏撿了幾塊石頭，淺淺地埋在這個世界的各個角落裏，竊笑着離開了。

指甲花

　　剛開始人們選擇自己的指甲該是什麼樣子的時候，有些人為了實用，選了堅不可摧的利爪；有些人為了漂亮，讓自己的指甲變得豐沃柔軟，埋一顆種子進去就能開花。大家互相看看，覺得很滿意，於是各自回去了。

　　過了些時候，很多人的指甲上陸續開出了花兒，美好而令人愉悅。他們擺動雙手跳舞，嫩綠的藤蔓穿過指間，攀附在柔軟的手臂上。多動人啊！但很快，他們心疼地發現，任何動手的工作都會摧殘花兒。於是他們從此無所事事，終日坐着，或者走來走去搖曳雙手。有利爪的人工作累了，過來欣賞一會兒，然後回去繼續工作。

　　過了些時候，有利爪的人開始憂鬱，因為他們無法擁抱。彼此只要一靠近，就被劃得鮮血直流。他們只好站在遠處，默默相望，憑借工作忘記這一切。

　　後來，所有的人都覺得痛苦極了。他們讓利爪脫落，花朵枯萎，長出全新的、就像我們今天這樣的指甲。大家可以自由地擁抱和工作了。有些人時常在指甲上畫幾朵花，用以紀念過去的時光。

摔炮

過年的時候，爸爸給我買了一堆煙花爆竹。其中有一些是摔炮，砸在堅硬的地方會炸開來。我沒有玩過，興致勃勃地抱着它們來到院子裏。

害怕炸傷路人，我躲到掃地爺爺住的水泥房旁邊玩。現在他早就出門工作了，我也不怕嚇着他。我劈里啪啦地砸着摔炮，玩得正高興呢，猛地聽到附近樓上有人罵了一聲：

「哪個小孩吵死人了，我兒子在學習呢！」

我嚇得手一抖，一個摔炮從水泥房打開的窗口摔了進去，不知落在哪兒，發出一聲悶響。糟糕！我急忙靠着窗沿往裏看，只見一股白煙從桌上一個大玻璃缸中升起，缸內霧濛濛一片，什麼都看不清。

自知闖禍，我沮喪地回家去了。晚上再來向掃地爺爺認錯吧。

中午十二點，掃地爺爺回家休息。一進門，他「哎呀」一聲趕到桌子邊，搬出顯微鏡來檢查玻璃缸。那兒有一顆小小的球，被摔炮炸得籠罩了一層厚厚的煙雲。

「千萬別出什麼岔子……」他着急地調着焦距，好半天才看仔細，「咦，應該還有一個星期才有小行星撞地球啊，怎麼提前了？……真是的，恐龍全都死光了，我還沒觀察夠呢！唉，接下來就出現人類了，太快了。這肯定是假貨，嘖……好大一股硫黃味。」

峽谷

很久很久以前，大地平坦一片。那真是很久以前了，除了大地什麼都沒有。後來，兩條長長的山脈爬了過來，一南一北躺下不動了。南邊的山脈比北邊的要矮，很不服氣，便找來一條峽谷靠着自己。這樣一來，從山腳到山頂看起來就高了許多。

北方的山脈一直躺着，不吭聲。兩條山脈靜默了千百萬年，有一天，飛來一隻鷹，在山脈間盤旋了一會兒後，飛向北方，在最高的地方築下自己的巢。

風與木

　　起初大地上只有孤零零的一棵樹，黑色的枝幹上長着綠葉，柔和地垂在一起。而河流緩緩無聲地從樹旁繞過，將一些失去生命的葉片帶走。

　　風出生的時候，只能聽見自己孤獨地盤旋在高空低谷的聲音，鳥兒還在沉睡，也沒有獸類奔跑的足音，整個世界是一塊斑斕、僵硬的石頭。

　　於是風便努力在樹枝間奔忙，捲下無數葉子，想把樹喚醒過來。樹無動於衷。風繼續吹着，終於吹開密密枝葉，一顆殷紅的果子左搖右晃，撲通一聲掉落，砸醒了一頭羚羊，然後骨碌碌地滾到泥土裏。

　　樹不再沉默，憤怒地搖動軀幹。更多果實雨點般落下，驚醒的野獸此起彼伏地吼叫起來，啃食果實，啜飲河水，互相追逐，不知不覺將果實裏的種子散播到所到的地方。很快，一片片樹林生長起來，而鳥獸也有了更美妙的棲身之所，不再一味貪睡了。

　　風很高興，呼嘯着掠過樹林。因為第一棵樹的憤怒，所有樹木都向風揮舞着巴掌。

樹林

以前地上沒有樹木，鳥兒成羣在天上飛，累了就睡在彼此背上。從地面仰望鳥羣，就像看到大片大片的雲朵在天空拍打着翅膀。

後來，鳥兒累極了。無數羽毛嘩嘩地掉了下來，像下了一場色彩繽紛的雪。羽毛落在地上，紮了根，長成一片片樹林。

鳥兒飛進去，停在枝頭休息。那兒温暖而令人安心，樹林本來就是鳥兒的身體。

這就是鳥兒喜歡樹林的緣故。

柔軟的世界

　　起初世界上一切都是柔軟的。柔軟的石頭、柔軟的樹林、柔軟的花朵開在柔軟的泥土中。動物也是柔軟，圓圓的眼睛和耳朵在絨毛中溫柔地閃着光。

　　後來，一個疑心很重的傢伙出生了。他想，樹枝會不會把我扎破？石頭會不會把我磕痛？大象會不會把我踩傷？想啊想啊，越想越害怕，他就讓肩背長出鱗甲，讓指頭長出硬殼，這樣做了之後，他覺得安心了，從躲藏的地方走出來。當他走過草地時，他踩爛了花朵和樹枝，壓碎了石頭，鱗甲碰傷了其他動物的眼睛和鼻子。

　　別的東西都害怕起來了。石頭趕快讓自己變得堅硬，花和樹長出尖刺，動物長出了牙齒和爪子，緊張兮兮地互相看着，尖刺和爪子閃着光。

　　柔軟的世界被藏了起來，從此很少有人看到它。

影子

造物主歷經千辛萬苦，終於造出一個完美的人。

「我太累了，接下來直接複製好了。」造物主自言自語地說。他把這個完美的人放在紙上拓印了一下，可是墨水加多了，黑漆漆的。

「啊，以後他就是你的影子了！」造物主急中生智。

完美的人望望影子，皺起眉頭：「這麼黑、這麼醜，不是破壞我的完美嗎？」

「不會不會，他反而會襯托你的完美……」造物主悄悄地對他說。完美的人想了想，恍然大悟，高興地走了。

影子很不甘心，每天的清晨和傍晚，都拚命往遠方跑，可到了正午，又被迫回到主人的腳底。影子不停地哭

泣，但仍然天天不懈地逃離。在這完美的人衰老死去時，四面八方已經有了一條條晶瑩的河流。死者隨河流漂向遠方，而終於脫離了他軀體的影子，在河底愉快地游着。

旋渦世界

造物主曾經造過一個旋渦世界。那裏的道路周而復始，人們做的都是前人做過的事情，星辰永遠依照同樣的軌道航行。

那裏的房屋像蝸牛殼一樣盤旋，人們經常穿過別人的臥室，回到自家的客廳。年輕的小姐在門口澆花時，水流沿着牆角流了一圈，又回到她的腳下。

食物也依照同樣的規律。人們吃下去的東西總以某種方式回到

土地裏，然後變成新的養分，結出新的果實。鳥兒永不停息地在樹林上空盤旋，等待果實在應該成熟的時間成熟。

　　人們之間的話語同樣如此。一個孩子聽說遠方有強大的英雄，便告別家人外出尋找。他在似曾相識的路上遭遇熟悉的怪獸，經受多番折磨後，獲得了預料中的勝利。他不停地向遠方走去，很多年以後終於回到了家鄉。人們蜂擁而出，爭着去看那傳說中的英雄。

宇宙是怎樣創造出來的

宇宙是怎樣創造出來的？

我曾經問過老祖母這個問題，她皺着眉頭說：「以前做的錯事就別提啦。不管它現在怎樣，你都得容忍它。」

「不，我沒覺得它不好……我只想知道，您究竟是怎樣把它創造出來的。」

「真拿你沒辦法。」老祖母放下銅勺，嘆了口氣，「一百多億年前，我還是個年輕的巫婆，不喜歡聽從教導，總是擅自更改教材裏的配方。你知道，材料有一點不同，都會產生很有趣的變化！我們的最後一課，是創造宇宙。所有學生都按照書上的配方，老老實實地創造出跟原來一模一樣的平行宇宙。我呢，覺得怪沒意思的，同一個東西幹麼做那麼多？就偷偷改了點配方。唉，當時哪有人告訴我，每個學生都得住在自己創造出來的宇宙裏，一輩子照顧它、管理它呢？」

「那麼，您是怎樣改配方的？」我追問。

「老師早就告誡過我們，千萬別在配方裏放入種子，不然會長出很麻煩的生物來。可我想，麻煩才有意思呢？

就偷偷在自己的宇宙裏，放了兩顆有種子的星球。不過，我當初還是留了點心眼，讓它們分別落在宇宙的兩頭，一輩子都碰不到對方。」

「我們現在就住在其中一顆上，對嗎？」我問。

「是的，這顆星球很糟糕……」鯨魚的歌聲在樓下呼嘯而過，把老祖母的聲音淹沒了一點兒，「不過另一顆更糟糕，他們已經發明出了宇宙飛船，正在四處尋找我們呢。唉，你要記住我的教訓，一定要聽話，不能擅作主張──再去鍋裏拿一個龍蛋來，你最近在發育，得加點營養。」

鳳凰

　　起初這個世界上沒有鳳凰。

　　後來鳥兒開始生出願望。一隻山雀說：「我希望有一棵自己的樹！」一隻松雞說：「我希望有一堆鮮嫩的果實！」一隻翠鳥說：「我希望有一片冬天的蘆葦！」這些漂亮豐富的小願望圓溜溜地滾到土裏，經過大地溫熱的孵化，一隻隻鳳凰破殼而出。

　　每當一個願望實現時，鳳凰就會燃燒死去，而每一隻鳥兒都有無窮無盡的願望，往往前面的還沒來得及實現，又有了新的念頭。因此，當鳳凰燃燒成灰燼時，新的願望已經在灰燼下開始孵化，成為一隻新的鳳凰。

　　鳳凰涅槃，就是在這樣反覆終結又新生的願望中實現的。

第二隻右手

野人的糖球

❧❧❧❧❧ ❧❧❧❧

　　小野人們在探險者身上找到了一些五顏六色的糖球。可憐的探險者已經因誤食毒蘑菇而身亡了。

　　一開始，野人們並不知道這些黏糊糊的小球可以食用。一個小野人把一顆糖球丟進火裏，糖球很快熔化，小野人媽媽小心翼翼地拿樹枝挑起它，把獸皮和樹葉黏成衣服。

　　另一個小野人將一些糖球抓在手心玩，玩着玩着，糖球就軟軟地黏在了他的手上、腳上、胳膊上和屁股上。糖漿一絲絲掛下來，把他和腳下的大石頭黏到了一塊兒。小野人嚇得大哭，別的野人聞訊趕來，花了不少力氣，小野人還是牢牢地黏在石頭上。

　　一個大野人無意中舔到了凝固的糖漿，真好吃啊！野人們的眼睛發亮，撲上來把小野人舔了個乾乾淨淨，就像給他洗了一次澡——野人從不洗澡。乾淨的小野人全身涼颼颼的，十分恐慌，一頭從石頭上栽了下來。

　　能找到的糖球都被吃完後，野人們的生活中失去了甜味，空虛起來。很久都沒有探險者誤闖叢林了，上哪兒去

弄糖球呢？

　　野人們認為，找到外面的人，就等於找到了糖球。於是，小野人長大後，一個個走出了部落，有的找到了教堂，有的找到了軍隊，有的找到了金礦……可令人遺憾的是，再沒有一個野人專門去尋找糖球。

說話樹

　　有一棵樹看見鳥羣飛回來了。

　　正是冬天剛過的時候，鳥兒疲倦地落在這棵還沒長出新葉的樹上，抖抖羽毛睡着了。

　　樹默默地站在原處，感受每一根手指上的毛茸茸。鳥兒的夢暖得發燙，樹突然覺得心裏熱熱的。樹在這個寒夜如常入睡，夢境卻不是那麼平靜。他夢見自己對鳥兒說了很多熱情的話。

　　第二天清晨，樹被鳥兒的吵鬧驚醒了。他比鳥兒更驚訝——他本來應該到四月份才發芽，可是在這二月份的末尾，乾燥的枝條上抽出一串串難以用言語描述的葉子，那些葉子本身就是一串串言辭。

　　有的說：「春天來了。」

　　有的說：「我感覺我長出了又厚又暖的葉子。」

　　有的說：「嘰嘰，啾啾，嘰嘰啾。」

　　有人很快注意到了這棵樹。他們爬上粗大的樹幹，摘光那些通透動人的話語，塞進帽子和口袋。

　　商人也聞風而至，可是來遲了。他們十分懊惱，手持

剪刀站在光禿禿的枝條底下，等待樹說出新的
話。

　　但樹從此沉默了。他覺得再沒有什麼可說
的。

小皇帝與羊

小皇帝滿心疲憊、充滿怨氣地出宮遊玩。馬兒受他影響，在山路上東倒西歪、有氣無力地走着，一不小心就把小皇帝摔下了山坡。

小皇帝從昏迷中醒來，發現自己靠着一隻羊躺在草地上。羊兒的身體軟軟的，小皇帝忍不住蹭了蹭。

「不錯，比皇座舒服多了。」他嘟囔道。

羊咩咩地叫起來，耳朵上的絨毛抖動着，暖呼呼的。

「比宮裏那些傢伙說話好聽多了。」小皇帝繼續想。

羊伸開蹄子站起來，小皇帝突然感覺肚子餓極了，就跪在地上，將羊奶盡情喝了個飽。

「有了你，我還缺什麼呢？」小皇帝自言自語地說着，摘掉皇冠，牽着羊兒走向樹林。他認為今天是個歸隱的好日子。

「打死這個偷羊賊！」一羣人不知道從哪裏衝出來，把小皇帝狠狠揍了一頓，帶走了他心愛的羊兒。

小皇帝鼻青臉腫、滿腹怨氣地站起來，重新戴上皇冠，找到他的馬兒，騎着回宮去了。

近視

以前的人大多近視，天黑後就點上燈火，閉門不出。他們害怕出門就會撞牆、撞樹、撞山，或者撞上另一個嚴重近視的人。

可還是有人不甘心整夜待在屋子裏，想了各種方法來對付近視。有些人到處求醫訪藥，找來鷹的眼淚、蛇的苦膽皺着眉頭往下嚥；有些人把沙子燒化了熔成玻璃，磨得光光的舉在眼前。藥物基本沒有效果，舉着玻璃又太累了，他們又想法按摩眼睛，揉眼旁穴位，把因近視而凸出的眼珠往回按。有些人按得太厲害，把眼珠按扁了，看什麼都是扁的，總惹別人生氣，鬧出許多笑話，所以後來再也沒有人敢按眼睛了。

富人沒有那麼多煩惱。不管白天黑夜，他們都可以坐轎子出門。抬轎子的，都是眼睛特別好的僕人。

第二隻右手

我的右手一向對我恭敬而友好，不僅樣樣事情都搶着做，而且從來不失手。可是有一天，右手不小心骨折了，所以這幾天都是左手在做事。

剛開始，清閒慣了的左手感到很新鮮，努力表現，吃飯時不停地夾菜（全掉在碗外了，媽媽很生氣），彈鋼琴時非要多按幾個鍵（老師憤怒地問我，你是右手受傷了，還是腦袋受傷了？），騎自行車時一直向左拐彎，結果我騎了兩小時還沒到學校……最後，我用繃帶把左手也纏上了，坐在椅子上發愁。

現在怎麼辦，難道要讓腳做事嗎？

這時候右手給我出了個主意。我的右手竟然認識另一隻右手，我前不久與新交的朋友握了一下手，兩隻右手便也成了朋友。我的朋友不久前去世了，那隻右手不想被關到地底，逃離主人在外流浪。如果我願意的話，可以僱來幫忙。

起初我反感那是別人用過的手，不太願意，但介於現在生活實在不便，我只好把那隻右手僱了回來。這隻手也

確實沒得說，和我去世的朋友一樣踏實能幹。

　　過了一段時間，第二隻右手逐漸渴望有一個家了，和我商量着，可不可以正式成為我身上的一部分。我當時拒絕了：

　　「不行，我才不想有『三隻手』的綽號！」

　　第二隻右手緊接着表示，自己也可以和我的左手換個位置，這樣，我少了一隻沒用的左手，卻多了一隻有用的右手，工作效率肯定會成倍提高。

　　我想了想，心動了。我的左手聽了我的決定之後，傷心得要命，抽泣着離開了家。我看着也有點可憐——畢竟左手什麼都不會，誰會想要呢？

　　晚飯的時候，第二隻右手格外殷勤地為我拿來當天晚報，並翻到告示一欄：

　　一位智者的腦袋欲覓新家，有意者請撥打本報熱線……

　　我把報紙撕了個粉碎。

調節理解力

　　我表弟大學畢業之後，不知上哪兒找了份推銷員的工作，三天兩頭往我這兒跑，帶來各種各樣稀奇古怪的東西。我照顧他的生意，只要價錢不高，通常也就買下來了。

　　有一天，我在花園裏看普希金的童話詩，表弟又上門了。他坐在小白桌旁，喝着檸檬茶，從箱子裏拿出一副耳機放在我面前，還有說明書：「換個角度看世界——理解調節器。」

　　「試試這個吧，姐姐。用它看世界，比平時有意思多了。」

　　我戴上耳機，沒吭聲。這些古怪的玩意只有表弟幫我用一次我才搞得清楚。表弟讓我先念一段故事，我念了《漁夫和金魚的故事》。我自己的聲音透過話筒傳進耳機，嗡嗡作響。

　　「沒什麼特別的啊。」我還是覺得漁夫是個笨蛋，白白浪費那麼多次好運。

　　表弟對照着說明書，笨拙地將耳機上的開關轉換到第

二模式：學生模式。我又讀了一遍，陷入深深的思考。

「感覺如何？」表弟期待地盯着我。

「嗯，這個故事大致的中心思想是人要知足常樂、樂於助人，而且不能好逸惡勞……重點段落是……關鍵詞有漁夫、金魚、魔法、貪得無厭、女王……哦，對了，第三段有個錯別字──」

沒等我分析完文本，表弟就手腳麻利地為我轉換了模式：商人模式。我立刻眼睛一亮：「咦，我之前怎麼沒想到，其實漁夫和金魚有很大的商機！」

表弟一聽來精神了：「什麼？」

我點點頭，嘿嘿笑着：「商業機密哦，怎麼能告訴你？」

表弟快快地閉了嘴，見我還在樂滋滋地構想創業計劃，悄悄伸手又換了一個模式：悲觀主義者。

　　我「哇」的一聲哭了。

　　「怎麼了？怎麼了？這不是個喜劇故事嗎？」表弟慌了。我抽着回答：「我覺得漁夫好可憐，天天幹活，最後什麼都沒得到，還要受氣；漁夫妻子好可憐，剛得到的東西一下子全沒了，比從來沒擁有過更難受！還有可憐的小金魚，再怎麼法力高強，還不是被一次又一次地撈上來！……」

　　眼看我的茶杯快被淚珠滴滴答答地裝滿了，表弟撲過來把開關滑到最底部：兒童模式。我抽噎着止住了哭。

　　表弟剛鬆了口氣，我就把故事書遞到他的手裏，眼睛眨巴眨巴：「我想睡覺，給我講個睡前故事吧。」

　　表弟瞪了我半天，然後開始慢慢讀起《漁夫和金魚的故事》。

　　真是個好玩的故事啊。我這麼想着，趴在桌上睡着了。表弟伸手取下我的耳機，拿起箱子，輕手輕腳地離開了。

　　此後的很長一段時間裏，他都沒再向我推銷什麼新東西了。

隨時隨地靈感噴湧的人

古時候的故事很少，人們隨便想一個出來，就是讓人眼前一亮的好故事。漸漸地，聽故事的人越來越多，故事被聽光了，還沒有新的面世。人們找到作家，質問他：「你不是應該給我們寫故事的嗎？」

作家急得滿身大汗。怎麼辦？他一丁點靈感都沒有了啊！無奈之下，他去找沙漠裏的燈神求助。燈神是個很難找的傢伙，你知道，他其實並不樂意給每個撿到神燈的人實現千奇百怪的願望。

不過堅強的作家最終還是找到了他，成功地實現了自己的心願：隨時隨地靈感噴湧。這下好啦，他再也不愁寫不出故事了！在乘車回家的路上，一個接一個關於旅行、火車和乘客的靈感紛至沓來，比車窗外飛馳而過的景色還要迅速。作家高興極了，當即掏出紙筆開始工作。

在顛簸行進的車上這麼做，作家毫不意外地暈車了，一進家門就倒在了沙發上。妻子擔憂地問：「要找醫生來嗎？」作家有氣無力地擺擺手：「等等。我先把一個暈車的故事寫出來……」

妻子只好扶他到桌邊寫作。可憐的作家好久沒吃東西了，讓妻子去做晚飯。當妻子端着咖喱牛肉飯過來時，他已經寫完暈車故事，正在構思一個特別會做飯的女孩的故事。妻子把碗放到他的稿紙上：

「吃完飯再寫吧。」

「咖喱牛肉……對，太妙了，必須寫這個……」作家盯着飯菜發呆，然後推開碗，寫下新的故事開頭——所有的故事都是傑作，與它們的誕生相比，吃飯根本無關緊要。

但是妻子忍受不了了。她在沙漠裏找到剛打算休息的燈神，修改了她丈夫的願望。燈神滿腹牢騷地打了個響指，頓時，在家中被稿紙埋住的作家失去了所有的靈感。

而世界上的每個人都在同一瞬間靈光一現，七十億個新故事無聲無息地誕生。

有些人覺得自己心裏冒出來的故事挺有意思，笑一笑，繼續做他的事去了。

另一些人高興地將它們寫了下來，比如說我。

媽媽小時候的事情

～～～～✦～～～～

體育課讓夏天變得更熱、更加難以忍受。一下課我就跑到小賣部去，遞上五毛錢：「老闆，一瓶風。」

「要冰的嗎？」

「當然！」於是老闆從冰櫃裏拿了一瓶冰風給我。擰開瓶蓋，一團霧氣就湧了出來，我趕緊喝了一口，凍成小冰粒的風在牙齒和舌頭之間亂竄，把乾燥的熱氣全都捲走了。突然，幾個同班男生在我背後嘻嘻哈哈地喊道：

「北極旋風攻擊！」

一陣涼意掃過，我的頭髮上沾滿了亮晶晶的白霜，男生們捏着空瓶子哈哈大笑。我又氣又急，這些人真浪費，風是用來喝的，不是用來玩的啊！

回家後我向媽媽說了這件事，媽媽微微笑着回答：「唉，男孩子都是這樣的。媽媽上小學的時候啊，班上的男生也調皮，買了一包包冰水，不喝，咬開塑料包的一角，當水槍到處噴……」

「你們那時候喝水這麼奢侈啊？」我羨慕地說。

「是啊，不像現在，淨喝風。」

旱魚

旱魚睡在我枕頭邊，不睡在魚缸裏，喜歡麥片，討厭蟲子，尤其是蚯蚓。

我不愛帶旱魚出去玩，因為牽着大狗、中狗、小狗的小孩都笑話我，就連牽着小貓的孩子也笑話我，指使貓兒撲上來。每次旱魚想出去玩，我就裝睡，旱魚在我頭頂無可奈何地游了兩圈，回到枕頭邊趴着去了。

爸爸喜歡吃魚，連我之前買的金魚都只活了很短的時間。但他不敢吃旱魚，這麼奇怪的魚，吃了也許會肚子痛。

媽媽很愛我，所以儘管喜歡貓，她也忍着不養，去別人家裏看貓。每次她帶着一身貓味回來，旱魚都游到門後躲起來，不吃媽媽買的麥片。為此媽媽很傷心。

寫作業的時候，旱魚喜歡在我的教科書裏打滾，滾得一身油墨味。奇怪的是，旱魚只喜歡語文書，見我拿出數學來，立刻一擺尾巴回枕頭那兒去了。

旱魚長得圓滾滾的，很可愛，我越來越喜歡這隻特別的寵物。可不久之後的一天，旱魚莫名其妙失蹤了。我找

了好久,最後傷心地跟媽媽又去了一次花鳥魚蟲市場。

　　也許是不小心游出去淹死了?我記得旱魚失蹤的那天早晨,窗外大雨滂沱。

真棋

　　我去池塘釣魚的時候，看到一些青蛙面對面蹲在草叢裏，一半是綠的，一半是黑的。兩隻長腿水鳥站在一邊，神情嚴肅地打量他們。

　　我向水鳥先生打招呼，詢問大家在做什麼。一位水鳥先生回答：「別打岔！這局跳棋才剛剛開始呢！」

　　說着，一隻綠蛙撲通一下從另一隻的背上跳過去，又跳過一隻黑蛙，到達黑蛙羣的中心，緊張地鼓着嘴巴。指揮黑蛙的水鳥先生見綠蛙快要贏了，憤怒起來，伸出長長的尖嘴叼起那隻可憐的綠蛙吞了下去。

　　他的對手尖叫起來：「你吃了我的棋子！不道德！小人！」

　　兩隻水鳥扭打在一起，場面一下子混亂起來。跳棋撲通撲通跳進水塘，儘可能快地有多遠逃多遠去了。我也不敢留在這兒，一轉身鑽進了樹林。剛剛來到充滿陽光的林間空地，就聽到「喵喵」的爭論聲。

　　「該我走了！我剛剛擲了個六點，可以多擲一次！」白貓的前爪抓着一隻六星瓢蟲，氣得耳朵都貼在了後腦

勺上。

　　「不對，你擲的明明是五點！」黑貓啪啪地甩着尾巴。

　　走近之後，我才發現他倆之間有八隻蜂鳥快速振動着翅膀，散亂地懸停在空中。

　　「打擾一下，呃，你們在做什麼？」

　　「沒見過飛行棋嗎？鄉巴！」白貓白了我一眼，黑貓黑着一張臉不說話。

　　我不敢再吭聲了，扛着魚竿灰溜溜地離開。下午我要和隔壁的叔叔比賽鬥獸棋，我手頭厲害的棋子不多，得再添一隻老鼠才好。

殼中美人魚

  周末逛花鳥魚蟲市場，買了魚缸和一袋金魚。老闆塞過來一枚手掌大的貝殼：「放到魚缸裏玩吧。」

  魚缸放在我的書桌上，我常常獨自坐在桌前看魚。

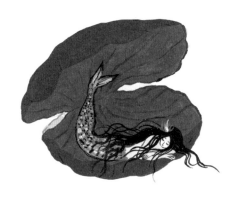

  第一次發現貝殼裏有一條小美人魚時，我高興得不得了，跑去叫爸爸媽媽來看。爸爸盯着電腦上的工作文件，揮揮手叫我走開；媽媽一邊聽我說話，「嗯嗯」地答應着，一邊親切地打斷我：「明早想吃雞蛋還是麥片？」

  我只好一個人回到魚缸邊。小美人魚坐在殼裏，安靜地看着我，臉上露出好奇的微笑。她好可愛，像岩石上的一顆露珠。可惜她只有我一個朋友，當她覺得無聊時，只

能合上貝殼睡覺，直到我有時間陪她玩，她才掀開殼，揉揉眼睛坐起來，對我露出笑容。

有一天我帶了一羣同學回來。我拍打缸壁叫她起牀，金魚驚慌地竄來竄去，可貝殼紋絲不動。我又伸手到水底搖晃它，還是毫無反應。

同學們哈哈大笑，說我有幻想症，我難堪極了。不知是誰遞過來一把削鉛筆的小刀，我把貝殼拿出來，放在桌上。把帶有鉛灰殘渣的刀尖插了進去，慢慢地，貝殼出現一道縫，我扔掉小刀，用力把它掰開。

房間裏嬉鬧的聲音消失了，沒有人說話。裂成兩半的貝殼裝着乾涸的河谷，空蕩蕩的，底部嵌着一顆不成形的珍珠。

我想起小美人魚前幾天對我說的話。她說要送我一個禮物，一個要花很長時間慢慢做好的禮物。

「但是你要耐心一點等啊。」她笑着說。

樹叢裏的岩石怪

〰〰〰 〰〰〰

　　我不小心買了一個岩石怪寵物。

　　確切地說，是近視惹的麻煩。當時那個巫師坐在路邊，把美麗的珍寶掛在一塊灰色巨石上叫賣，我一眼就看中了最上面的兩顆黑鑽石。

　　巫師反覆問：「你確定？價錢可不便宜喲！」

　　我十分確定，媽媽會喜歡的，那兩顆鑽石的光澤美麗極了。

　　於是巫師嘆了口氣，把珍寶一樣樣取下來收好，接過我手中的錢袋，然後交給我一根繩索：「牽走吧，是你的啦。」

　　我愣愣地低頭看了看繩子，又抬頭看了看那塊石頭。

　　巨石動了動，伸出兩條笨拙的胳膊和腿，兩顆黑鑽石朝我俯下來，靠近我的臉，溫和地凝視着我，緩緩裂開一個帶着苔蘚和泥土的笑容。

　　原來是眼睛啊，難怪那麼明亮。

　　我把他帶回家，接着便不知道怎麼辦了。媽媽從不允許我養寵物。不過他倒是讓我省了不少心，在花園樹叢裏

一坐就是一天，媽媽從沒注意過花園裏的假山和石頭。

我每天跑去餵他三次，他愛吃酥脆的餅乾。有時候，他慢吞吞地吃着睡着了，醒來時，身上有一隊螞蟻從嘴巴到腳趾忙碌地爬行，已經將餅乾零零碎碎地搬走了。

好不容易等到家裏人都出門，我把他牽出樹叢活動一下，曬曬太陽。他在陽光底下顯得很高興，搖搖長滿苔蘚的腦袋，慢慢地轉來轉去。

「想玩遊戲嗎？」我問他，可我只有一根跳繩。

於是他把右胳膊掰下來，擱在假山上，捉着繩子的一頭，自己退遠幾步捉着另一頭，黑亮的眼睛看着我。他和他的胳膊都把繩子甩得又快又好，直到我跳不動為止。

接着，我和他的右胳膊甩繩子，他走在中間，蹦了幾下。地面震動，樹葉和泥土都簌簌地落了一地（我相信，這就是住在花園底下的刺蝟從此見我就發火的原因）。

終於有一天，媽媽發現了他。她午後在花園裏散步的時候，昂貴的絲巾被風吹進樹叢，難以取回，但一塊笨拙的灰石頭從樹葉中伸出來，充滿敬意地舉起她的絲巾。

媽媽當場就暈了過去。醒來之後，她立刻去找巫師「除魔」。如果他們逮到岩石怪，肯定會把他砸碎的。

我趕緊溜到花園，牽着岩石怪跑了。我把他帶到小河

邊，讓他假裝礁石，但他總忍不住起身去看河裏游來游去的小魚；我把他帶進森林，讓他低調生活，可他一到夜裏就走來走去，把林中的鳥兒嚇得亂飛。

「總有一天人們會逮住你的！」我警告他，然後無可奈何地繼續想主意。最後，我請來親近的石匠叔叔，在森林和小河之間蓋了一座石屋，人們來釣魚和野餐時可以在這裏休息。地基用的第一塊石頭，就是我的岩石怪。

「這下你不能亂跑了，否則屋子就會塌，裏頭的人就死了。」我對他說。

他終於被嚇住了，老老實實只在土裏，一動不動，眨着黑亮的眼睛，身上壓着自己看不見的沉重石屋。

我成年之後就搬進了石屋，一直到我的孫子把石屋拆毀，拿石頭去蓋更高大的房子。那時候岩石怪去了哪裏，誰也不知道了。

被蛀蝕的項鏈

～～～～⟫⟪～～～～

生日到了，我的神仙朋友送給我一個禮物。

「這麼小氣啊，一串石頭項鏈……」我不滿地說。

「不是石頭，是我專門給你訂製的星球。」神仙伸手指點着鏈子上大大小小五顆球體。「這是土星，你看，又大又圓，多漂亮！這是水星，摸摸看，冰冰的很舒服耶……這是木星，別看它輕飄飄的，但是有安神醒腦的作用哦！還有這個，金星！店員說這款很受歡迎的！」

「那這個呢？」我捻起最後一顆瑩白色的「星球」問。

「這個不太清楚……」他訕訕地摸頭，「是找來湊整五個數的。你五十歲生日嘛！」

「好吧，算你用心。」我把項鏈戴上，「這些上面都沒有生命體吧，比如人類什麼的？」

「絕對沒有。」他回答，「我都消過毒了。」

可是半個月後，我覺得有些不對勁。

有人在我的項鏈上唱歌，還有喊口號的聲音。

我把神仙找過來，拿着他的放大鏡仔細察看。問題出在不知名的瑩白色星球上。一羣小人兒正沿着鏈子出發，

在水星、木星和土星之間爬來爬去，把土壤和水分運回來，然後種上從木星弄來的種子。眼看三顆星球都被蛀蝕了，我急得直叫：「怎麼辦啊，項鏈要毀了！」

「沒事。」我的朋友冷靜地說。他把鏈扣解開，將掛墜順序打亂，把金星放到瑩白色星球的旁邊。

「這有什麼用？」我不安地問。那白星已經漸漸變得五顏六色，混濁不堪，我勉強能看清那些小人兒在收割莊稼，點燃草稈生火煮飯，不一會，又出現了冒黑煙的爐子。

「別急，很快就會結束的。」我的朋友看到我漸漸凝重的表情，安慰道。的確，小人兒發現了金星。起初他們的尖叫聲清晰可聞，後來就打了起來，用剛剛發明出來的手槍相互射擊，這顆星球漸漸只剩下一種顏色，然後陷入了徹底的死寂。

「沒事了。」我的朋友拿起項鏈，對着光線笑道，「你看，紅色也很漂亮啊。」

我搖搖頭：「破壞了整體色調。算了，我把它收起來吧。」

心想事成

恰克是個很有錢的人，他住着適度奢華的房子，吃着適度豐富的食物，享受適度昂貴的服務，朋友們都說他十分成熟穩重（同時也是個謹慎乏味的人）。我想，這大概就是他成為富翁的原因──做生意嘛，最重要的就是沉穩，以最小的風險獲得最大的利益……

「不是的。」恰克說。

「呃？」

「我之所以變得有錢，是因為很久以前的一次奇遇。那次奇遇讓我獲得了心想事成的能力。」

「這樣嗎？」我羨慕地說，「那你真是太幸運了。」

「也很難熬。」恰克沉沉地說。

「為什麼？」

「你知道擁有心想事成的能力，是多麼可怕的事情嗎？你必須學會控制自己，不要隨意在心裏許下願望，一旦發生錯誤，可能就是無法挽回的災難。」

我還是不明白，困惑地搖着頭。

「比如說，我在一個城市遭到了不公平的待遇，我恨

這座城市，但我必須控制我的憤怒，以免一不小心將那座城市夷為平地。又或者，和別人爭吵時，我不能憤怒地大罵『見鬼去吧』，也不能說『希望你一出門就被車撞！』這種話……」

「的確是很可怕的事情！」

「這還不算最可怕的。」恰克平靜地說，「最可怕的是，當我做夢時，如果我被夢境迷昏了頭腦，想了一些不該想的事情，那些事情也會變成真的。你該知道噩夢有多可怕，對嗎？」

「那怎麼辦呢？」我緊張地問，「你許願讓自己能夠控制夢境了嗎？」

「沒有。」他哀戚地笑了笑，「我許願讓自己失去做夢的能力。你看，這就是我現在變得如此沉悶的原因。」

山與牧羊人

牧羊人為富有的人家放牧羊羣。夏天，他把羊羣趕到山上，冬天又回到平原，在暖和的窩棚過冬。

牧羊人很愛他的羊羣。他花費很大力氣為羊兒找到一座安全又豐饒的山。羊羣在那裏度過了一個夏天，吃得圓滾滾的，像一堆又一堆晴朗的雲。

天氣變冷了，牧羊人準備帶着羊兒回家。這時候，山說話了：

　　「牧羊人，把你的羊羔留給我。」

　　牧羊人大吃一驚：「為什麼？」

　　「因為我喜歡他們。」

　　「我比你更愛他們。」牧羊人強硬地反駁道。

　　「我可以為他們提供充足的食物和新鮮空氣。」

　　「我可以照顧他們，為他們治病、接生，替母羊哺育虛弱的小羊……」

　　「我可以給他們自由。」

　　聽了山的這句話，牧羊人停止了爭辯。他沮喪地聳拉下肩膀，不知如何是好。

　　這時候，羊羣圍了上來，擁在他身邊：「我們願意跟你走。我們不需要自由，自由總是伴隨嚴寒和狼羣，那不是我們想要的。」

　　牧羊人既驚訝又感動。

　　當他和羊羣一起離開時，山深深嘆了口氣：

　　「也許我應該像其他的山一樣，去喜歡狼、松鼠和鹿什麼的。」

仙女等在路邊

仁慈的仙女總是等在路邊，扮成需要幫助的老人或病人。如果有人施捨她一點零錢或一口吃的，就會在幾分鐘後撿到一枚金幣；如果有人把自己的衣服送給她，家中衣櫥裏就會多出一件用金銀線編織的外套；如果有人餵她喝水，給她食物，還找來醫生給她看病，仁慈的仙女就會現出真身，滿足這個人的任何一個願望。

很多人都聽說了她的事情。既然這個仙女如此仁慈——如此好騙，不佔便宜就等於吃虧了。於是他們收拾打扮一番，去幫助路邊可憐的人。果然，有人成了富翁，有人成了大農場主，還有人成了王子，跟此前只看過一眼的公主結了婚。仁慈的仙女也很高興：做好事的人最近越來越多了。她很樂於幫他們實現願望，過上富足的生活，有餘力去幫助更多的人。

住在山上的巫婆一邊偷看這些事情，一邊嘲笑仙女蠢透了。她也坐到另一條路邊行乞，那些嘗過甜頭、貪心不足的人聞風而至。

「我的腿斷了，沒法回家。」巫婆痛苦地呻吟着。

「那我背您回去好啦，老婆婆！」財主殷勤地說，背起瘦弱的老太太往山上走去，心裏美滋滋地盤算着待會要金銀還是土地。到了巫婆的家門口，巫婆把財主綁起來，搶光了他的錢財、地契和首飾，將他丟到山下去了。

接連很多人上當之後，大家都變得謹慎起來，不再輕易去幫助那些看似可憐的人了。仁慈的仙女毫不知情，但接連幾天都等不到一個人伸出援手，她憂心忡忡，覺得人們又變壞了。

終於，一個小姑娘過來，掰了半塊麵包給她。仙女迫不及待地握住她的手：「說出你的願望吧，親愛的孩子！」

小姑娘搖搖頭：「請把願望留給自己用吧，可憐的婆婆！我沒什麼要別人幫忙才能實現的願望。」

然後她一蹦一跳地離開了。在下個路口的拐彎處，小姑娘遇到了假裝摔斷腿的巫婆，便去附近請了位醫生來，自己急急忙忙跑去上學了。而那巫婆呢，一見到醫生就爬起來逃走了，因為她清楚自己騙不過真正的聰明人。

透明的迪哥

᜵᜵᜵᜵᜵ ᜵᜵᜵᜵᜵

　　鄰居家有個小孩叫迪哥，從大城市搬來的。迪哥告訴我，只要爸爸一打他，他就跑到車庫或者地下室躲起來。陰沉、黑暗、潮濕才能讓他安心。

　　搬到我們這兒之後，迪哥絕望地發現，沒有安全的房間供他躲藏了！每次爸爸揍他，他都發瘋似的跑出家門，來回轉圈，如被困的小獸般呼嘶呼嘶地喘氣。有一天，我看到迪哥站在草地邊，盯着一條狗在灌木旁邊挖洞埋骨頭。

　　「為什麼我不能給自己挖個洞呢？」迪哥小聲說。這是我最後一次看到他。

　　一個星期後，迪哥的父母宣布了兒子失蹤的消息。他失蹤後的經歷，直到二十年後我才知道。那時他剛剛回到這裏：

　　「我用一把小鋤頭在狗屋後面挖洞——那地方大人從來不去。即使發現有洞，也只會以為是狗幹的。我先斜着挖，到一米深時停下來，挖了個寬敞的容身之處，睡了很久。醒來的時候，我對挖洞本身產生了異乎尋常的興趣！

我接着往下挖，橫着挖，豎着挖，只要當心別挖到地面或者河裏，怎麼挖都行。我學會了避開螞蟻窩、蛇洞和潮濕的泥土，還學會在土裏找食物：蘿蔔、花生、野芋頭。有時候實在找不到吃的，就啃一點銀杏樹的根⋯⋯」

「這麼辛苦，為什麼不回來？」

「我迷路了。」他說，「你要知道，在地下很難保持正確的方向感。」

我覺得這只是個借口。

「後來我想，只有一直在同一個方向挖，才不會迷路。所以我開始向下挖。我收集了一些馬鈴薯，一邊吃，一邊前進。過了幾天，我發現我被跟蹤了。是一隻土撥鼠，一直在撿我丟掉的馬鈴薯皮吃。我問能不能幫我一起挖，土

撥鼠同意了，結果我們一周後就挖到了地心。」

　　「地心附近有個老人，坐在石頭上招呼我們過去喝茶。我喝了，土撥鼠也捧着小杯子喝了一口。是岩漿茶，喝了可以毫髮無損地穿過地心。我們繼續向下爬，地心裏全是火，飛來飛去的火，流淌的火，還有像石頭一樣滾動、崩塌的火。我們在火裏待了太長時間，被烤得很脆，我的皮膚變黑了，土撥鼠的毛皮也焦了。後來，黑殼一塊塊脫落，身體變得透明，火也燒不着了。我倆一把勁往下衝，終於衝出了地心，到了要挖土的地方，但我們已經不用挖土了，直接穿過岩石和泥巴飛上去，像衝出海面的飛魚。我們到了地球的另一頭，有個老婆婆看到我們，嚇了一跳，把麵餅丟在地上向我們磕頭。我們吃了麵餅就回來了。至於你說我走了二十年，沒有的事！明明才過了不到一個月！」

　　「可是……」我不知所措地看着迪哥，他的土撥鼠朋友在牆壁上冒出透明的腦袋，無憂無慮地吱吱叫着。

　　「好啦，我得回家看看爸媽了。但願他們不會打我。」他嘀咕着拿起帽子，向門外走去。他的身體穿過門板消失了，只剩下我一動不動坐在扶手椅上，望着地板上那串漸漸消退的泥腳印發呆。

第三輯

鳥麥

簾子

有個人在住處裝了許多簾子。

沒有人敢拜訪這個人。大家都很擔心，那擋着門的簾子後頭真的是門？難道不會是一個插滿毒刺的深坑？那擋着窗戶的簾子後頭真的是窗戶？難道不會是弓箭、槍枝或者炮彈？連花園都被印着玫瑰的簾子攔了起來，變成四四方方的畫——誰知道裏頭種着些什麼！

「也許他在偷偷種罌粟，」人們互相說，「或者毒蘑菇。」

沒有人敢拜訪這個人。那重重疊疊的簾子後頭，藏着人們能想像出來的最可怕、最兇惡的東西。沒有人膽敢邁進簾子後面，探聽真實的情況。

過了很久，有個姑娘路過這裏，被玫瑰圖案的簾子吸引住了。

「多美的簾子啊！」她說着，不知不覺走到簾子後頭。那個人正在花園裏喝下午茶，見到這個姑娘，驚訝極了。

「您是怎麼進來的？」他問，「很久沒有人來拜訪我了。」

「為什麼？」姑娘問。

「我不知道。」那人老實地回答，
「我搞不明白為什麼。」

從此以後，那位姑娘經常到簾子後頭去，拜訪這
個孤獨的人。

鞋子

　　想走到世界盡頭的人一直不少，有些人出發了，有些人留在家裏。

　　出發的那些人裏頭，有運氣好的，一直走了下去；有運氣差的，走到半路被獅子捕食了、被當作巫師抓起來、被熊拖進洞裏當冬眠儲備糧；也有運氣不好不差的，他們遇見一個異國姑娘，就停下不走了，建造村莊，生出一大堆頭髮、眼睛和皮膚顏色不一樣的孩子。

　　這裏要說的，是一個一直一直走下去的人。出發時他穿着一雙草鞋，沒過多久鞋就爛了，他脫下它們丟在路邊，買了一雙木鞋穿着走了。走過十個山頭後，木鞋斷了，於

是他抓住一頭野豬，做了一雙皮鞋穿着繼續走。走過六個城市後，皮鞋的底掉了，他走進城門口的鐵匠鋪，打了一雙鐵鞋。這個人就這樣走啊走啊，忘記了他丟掉的每一雙舊鞋子。

但是大地沒有忘記。草鞋裏長出了蘑菇，白白的一小羣，很快長得滿地都是。一個貧窮的孩子在這兒搭了個草棚賣蘑菇湯，維持生計。

木鞋裏住了一窩不會飛的鳥兒，鳥兒生活很安逸，長得又胖又沉，還下了好多蛋，孵出更多的胖鳥兒。

皮鞋被一頭飢餓的野豬吃了，得以有力氣生下幾頭豬寶寶，秋天的時候，野豬佔領了很多成熟的麥田。

至於鐵鞋，除了鐵鏽沒有長出任何東西。

有一天，那人走得飢渴難耐，到路邊喝了一碗蘑菇湯，又買了些乾蘑菇繼續趕路。蘑菇快吃完的時候，他驚喜地發現，前頭有不少俯拾可得的胖鳥兒，便美美地吃了一頓烤鳥肉。他小心翼翼繞開麥田，聽說那裏有不少野豬出沒。但當他躲躲閃閃趕路時，被一團破爛不堪的鐵片扎傷了腳。

於是他滿懷遺憾地結束了旅行，一直到老都坐在門口，嚮往着世界的盡頭。

牆

有個人拿藤蔓做牆，綠綠的，涼涼的，那人靠在牆後聽小鳥唱歌，自在極了。清晨，一隻羊走來，把牆吃掉了。

那人只好找來木頭做牆。木牆乾燥而溫暖，但是冬天很快到了，他冷得發抖，實在忍不住，就拆了一片牆，燃起火堆。不久，牆被拆光了，那人頂着屋頂在雪地裏呆呆坐着。

此後他又試圖用石頭做牆，看起來結實又風光。他很是悠閒地過了幾年，直到另一個人嫉妒他，用圓木和鐵矛擊毀他的石牆，揚長而去。

他大哭了一場，哭完擦乾眼淚，站起身走了。從此他將風當作自己的牆，任意穿牆而去，遊蕩在所有他喜歡的地方。

電燈

　　有個人喜歡光亮。他最大的困難，是沒有合適的東西來盛放光亮。

　　他試過各種方法。

　　拿紙盒裝螢火蟲，蟲子很快就餓死了，光亮隨之消失。

　　拿木頭盛放火，木頭燒完了，火也熄滅了。

　　拿寶石盛放陽光，一入夜，寶石便黯淡無光了。

　　拿水池盛放月光，水乾涸了，月光就退散了。

　　他試了很多很多年，十分不甘心，但從來沒有放棄過。

　　有一天，另一個人發明了電燈，高興地拿着來找他。電燈一直亮啊，亮啊，亮了一天又一天，一年又一年。最後，這個人感到十分厭倦，生氣地把電燈扔出家門，拉上窗簾，用被子蒙住頭睡着了。

龍的故事

有一條龍跑過村莊。

為什麼要跑過村莊？既不放火也不吃羊，龍就這樣兩爪空空跑了過去，目不斜視地離開。

村民們舉着鋤頭，十分不適應。

烏麥

　　小孩子死掉後，靈魂叫作烏麥。他們長得像透明的小山雀，無聲地拍打翅膀，在哭泣聲中飛出窗口，飛向永恆的黑暗。

　　他們找到喜歡的樹木，就停下來不斷地啼叫，小男孩變成的烏麥，通常喜歡停在白樺上，小女孩更喜歡落葉松。

　　直到大雨來臨，透明的雨水融化他們的翅膀、尾尖，在徹骨的寒冷中，烏麥們蜷成一團。忽然，一陣溫暖襲來，他們感到如此舒適安心，便在雨水落向大地的聲音中消失了。

　　這時候你會看到，黑暗中的樹枝在雨裏閃閃發光。

我的樣子

我會變形，隨心所欲的那種變形。

當我想做兇猛的傢伙時，我就變成老虎、龍，或者扛着斧頭的人。

當我想讓自己看起來善良一點時，我就變成小鹿、花，或者包着面紗的姑娘。

我可以變成世界上的任何東西，可以變成石頭、樹葉和小小的湖泊，可以變成悲傷的夜鶯和愉快的稻草人，可以變成一隻小貓，在屋頂對着月亮吹口哨。

我喜歡上了一個人，我就變成一個人走近他，試探他是否喜歡我，跟我做朋友。如果他不喜歡我的模樣，我就離開，消失，然後以另一個面孔重新出現。一次又一次。

可是啊，他還是不喜歡我。什麼樣都不喜歡。

我第一次不知如何是好，心中一片茫然。我沒有心思去維持自己的形狀和模樣，這個時候我是什麼樣的呢？是我遺忘已久的本來面目嗎？

我本來到底是什麼？

我從來不敢在這種時刻去照鏡子。

早上七點半到八點十分

太陽一點一點吃掉樹林、河灘、山頂上的霧氣。

青蛙唱了一晚上的歌，在咕咕地喝水。

貓頭鷹的夢正做到精彩關頭。

兔子小心翼翼地鑽過籬笆，嚥着口水跑向菜地。

蜘蛛不厭其煩地補着被掃帚第三次撞破的網。

蜂蜜正一點一點逃出蜂巢，沿着樹幹往大地流去，那兒有一隻張着嘴的小熊，等了很久很久。

人類小孩正坐在教室裏晨讀，躲在豎起來的課本後面，偷偷咬一口芝士麵包。

人類大人正在世界的各個地方工作，以及破壞別人的工作。還有一部分大人什麼都不幹，喝着酒，吃着魚子醬，趴在窗前笑話路過的每一個人。

瞳人

◇◇◇◇◇ ◁◁◁◁◁

　　每隻眼睛裏都住着一個小人兒。

　　小人兒和眼睛的主人同起同眠，主人睜開眼睛時，他
們就替他看着這個世界，主人閉上眼睛時，他們把白天看
到的東西整理成畫片，拿來擦拭主人的夢境。夢境因此充
滿了絢爛的顏色、無規律的細節和模糊的片段。

　　小人兒和主人一起成長，漸漸地，他們也有了自己的
主見，因此同樣的世界落在不同人的眼中，都是不同的模
樣。不幸的是，兩個小人兒通常難以達成一致，常常爭
吵，這導致人類在成長中充滿了內心掙扎和自我否定，對
待外界的態度也時有矛盾、前後不一。這時他往往會懷念
起小時候，閉上眼睛，讓小人兒找出老舊的畫片，擦一擦
夢境中的童年。

孩子們

昨天的孩子排行老大，大家似乎都很了解他，熟悉他的一切，對他放心得很徹底。但很少有人知道，沉默寡言的他其實藏着無數巨大的秘密。他的名字叫回憶。

今天的孩子排行老二，性情多變，令人捉摸不定。大家把最多的約束加在他身上，希望他能聽話地向好的方向走。這個孩子有時快樂得沒心沒肺，有時因為無法逃避，累得直哭。他的名字叫當下。

明天的孩子排行老小，是被大家慣壞的小傢伙。人們讓她住在最美的地方，想做什麼就做什麼，無論昨天和今天的兩個孩子有多頑皮，都不准去捉弄她，嘲笑她，把她弄哭。她的名字叫夢想。

大地的尾巴

看那兒，那叢細長的、毛茸茸的、隨風搖晃的是什麼？

——狗尾巴草。

不是。誰會把狗埋在土裏，只露個尾巴在外面啊？

——只是長得像狗尾巴的草罷了。我們該回去了。

不，那是大地的尾巴。

——呵呵……您真有興致。說真的，起風了，我推您往回走吧。

不，再等一會。看它們搖得多高興喇，看到了嗎？這塊土地喜歡我。

——嗯，是的……

再過一段日子，我就睡在這下頭了，是吧？啊？那麼，到時候它們會更開心吧。

——別亂說！我們該回去了。

一個男人推着輪椅慢慢走下山。輪椅上的老人仍偏着頭看路邊的草叢，喃喃自語：

「大地馱着我跑啊，跑啊……跑到黑暗裏去！跑到虛空和安靜裏去！它們搖得多高興啊。真是好孩子。」

男人加快了腳步，將老人推離荒涼冰冷的山坡，回到療養院裏。他和護士交流了一下情況便匆匆離去，留老人和他的室友做伴。

　　老人半躺在牀上，燈熄了，他還沉浸在愉悅之中：「你永遠也不知道大地有多麼招人喜歡。想想它那些小尾巴！」

　　「聽起來不錯。」室友坐在窗前安靜地說，「不過，我更喜歡我的月亮。我馬上就能去和她相會了——我數着日子呢。看她經過窗前時那期待的模樣，看她那白色的吻！」

　　他坐在月光中，老人看着他，閉上眼睛睡着了。

外公

「用手挖太慢了，我去找工具。」外公說着，回到屋裏，在門後找了一把鐮刀。

我高興地拍起了手，指着剛剛和外公一起挖出來的最大的沙坑：「再挖大一點兒，再挖深一點兒。」

外公聽話地揮起鐮刀，刀尖劃開濕潤的沙土。不一會，沙坑就變深了，我把整個手臂伸進去都碰不到底。

「繼續挖啊，外公，再挖深一點！」

外公一隻腳踩進坑裏，把沙坑的邊緣又削大了一些，方便他彎腰工作。很快，挖出來的沙土在旁邊堆成了小山，我爬到小山上，低頭看着外公：「外公，加油！」

外公沒有抬頭，揮汗如雨地繼續挖着，漸漸地，從坑裏拋出來的不再是淺色的沙子，而是深色的泥土。泥土砸在坑外的地上，發出沉重的聲響。外公整個身子都埋在了沙坑的陰影中。

太陽下山了，我覺得有點睏倦。

「外公，外公，我們回家吧。」

外公「嗯嗯」地應着，說太陽曬，他休息一會再出來。

說着，他有一下沒一下地鏟着腳底的泥土。

　　太陽漸漸消失了，我揉揉眼睛，土坑裏漆黑一片，看不到外公了。我小聲叫了幾次，沒有他的回音，只有鐮刀與泥土摩擦發出的聲音。「嚓，嚓，嚓」，單調而乏味。

　　「外公，外公，你還在嗎？」我爬下小山，對着沙坑問。

　　「他還在。」沙子沙沙地回答。

　　「他還在。」泥土隆隆地回答。

　　「他還在。」地下河汩汩地回答。

　　「他還在。」整個世界在我的腳底回答。

　　於是我放心地回家去了。

10 分鐘短篇故事集
我講的故事不是真的！

作　　　者：慈琪
繪　　　圖：王笑笑
責任編輯：林可欣
美術設計：張思婷
出　　　版：新雅文化事業有限公司
　　　　　　香港英皇道 499 號北角工業大廈 18 樓
　　　　　　電話：(852) 2138 7998
　　　　　　傳真：(852) 2597 4003
　　　　　　網址：http://www.sunya.com.hk
　　　　　　電郵：marketing@sunya.com.hk
發　　　行：香港聯合書刊物流有限公司
　　　　　　香港荃灣德士古道 220-248 號荃灣工業中心 16 樓
　　　　　　電話：(852) 2150 2100
　　　　　　傳真：(852) 2407 3062
　　　　　　電郵：info@suplogistics.com.hk
印　　　刷：中華商務彩色印刷有限公司
　　　　　　香港新界大埔汀麗路 36 號
版　　　次：二〇二一年八月初版